# La Vache

Le Coran

# La Vache



1. Alif, Lam, Mim.
2. C'est le Livre au sujet duquel il n'y a aucun doute, c'est un guide pour les pieux.
3. qui croient à l'invisible et accomplissent la Salat et dépensent [dans l'obéissance à Allah], de ce que Nous leur avons attribué.
4. Ceux qui croient à ce qui t'a été descendu (révélé) et à ce qui a été descendu avant toi et qui croient fermement à la vie future.
5. Ceux-là sont sur le bon chemin de leur Seigneur, et ce sont eux qui réussissent (dans cette vie et dans la vie future).
6. [Mais] certes les infidèles ne croient pas, cela leur est égal, que tu les avertisses ou non : ils ne croiront jamais.
7. Allah a scellé leurs cœurs et leurs oreilles; et un voile épais leur couvre la vue ; et pour eux il y aura un grand châtiment.
8. Parmi les gens, il y a ceux qui disent : "Nous croyons en Allah et au Jour dernier ! " tandis qu'en fait, ils n'y croient pas.
9. Ils cherchent à tromper Allah et les croyants; mais ils ne trompent qu'eux-mêmes, et ils ne s'en rendent pas compte.
10. Il y a dans leurs cœurs une maladie (de doute et d'hypocrisie), et Allah laisse croître leur maladie. Ils auront un châtiment douloureux, pour avoir menti.

11. Et quand on leur dit : "Ne semez pas la corruption sur la terre", ils disent : "Au contraire nous ne sommes que des réformateurs ! "
12. Certes, ce sont eux les véritables corrupteurs, mais ils ne s'en

rendent pas compte.

13. Et quand on leur dit : "Croyez comme les gens ont cru", ils disent : "Croirons-nous comme ont cru les faibles d'esprit ? " Certes, ce sont eux les véritables faibles d'esprit, mais ils ne le savent pas.

14. Quand ils rencontrent ceux qui ont cru, ils disent : "Nous croyons"; mais quand ils se trouvent seuls avec leurs diables, ils disent : "Nous sommes avec vous; en effet, nous ne faisions que nous moquer (d'eux)".

15. C'est Allah qui Se moque d'eux et les endurcira dans leur révolte et prolongera sans fin leur égarement.

16. Ce sont eux qui ont troqué le droit chemin contre l'égarement. Eh bien, leur négoce n'a point profité. Et ils ne sont pas sur la bonne voie.

17. Ils ressemblent à quelqu'un qui a allumé un feu; puis quand le feu a illuminé tout à l'entour, Allah a fait disparaître leur lumière et les a abandonnés dans les ténèbres où ils ne voient plus rien.

18. Sourds, muets, aveugles, ils ne peuvent donc pas revenir (de leur égarement).

19. [On peut encore les comparer à ces gens qui, ] au moment où les nuées éclatent en pluies, chargées de ténèbres, de tonnerre et éclairs, se mettent les doigts dans les oreilles, terrorisés par le fracas de la foudre et craignant la mort; et Allah encercle de tous côtés les infidèles.


20. L'éclair presque leur emporte la vue : chaque fois qu'il leur donne de la lumière, ils avancent; mais dès qu'il fait obscur, ils s'arrêtent. Si Allah le voulait Il leur enlèverait certes l'ouïe et la vue, car Allah a pouvoir sur toute chose.

21. ô hommes ! Adorez votre Seigneur, qui vous a créés vous et ceux qui vous ont précédés. Ainsi atteindriez-vous à la piété.

22. C'est Lui qui vous a fait la terre pour lit, et le ciel pour toit; qui précipite la pluie du ciel et par elle fait surgir toutes sortes de fruits pour vous nourrir, ne Lui cherchez donc pas des égaux, alors que vous savez (tout cela).

23. Si vous avez un doute sur ce que Nous avons révélé à Notre Serviteur, tâchez donc de produire une sourate semblable et appelez

vos témoins, (les idoles) que vous adorez en dehors d'Allah, si vous êtes véridiques.

24. Si vous n'y parvenez pas et, à coup sûr, vous n'y parviendrez jamais, parez-vous donc contre le feu qu'alimenteront les hommes et les pierres, lequel est réservé aux infidèles.

25. Annonce à ceux qui croient et pratiquent de bonnes oeuvres qu'ils auront pour demeures des jardins sous lesquels coulent les ruisseaux; chaque fois qu'ils seront gratifiés d'un fruit des jardins ils diront : "C'est bien là ce qui nous avait été servi auparavant". Or c'est quelque chose de semblable (seulement dans la forme); ils auront là des épouses pures, et là ils demeureront éternellement.

26. Certes, Allah ne se gêne point de citer en exemple n'importe quoi : un moustique ou quoi que ce soit au-dessus; quant aux croyants, ils savent bien qu'il s'agit de la vérité venant de la part de leur Seigneur; quant aux infidèles, ils se demandent "Qu'a voulu dire Allah par un tel exemple ? ". Par cela, nombreux sont ceux qu'Il égare et nombreux sont ceux qu'Il guide; mais Il n'égare par cela que les pervers,

27. qui rompent le pacte qu'ils avaient fermement conclu avec Allah, coupent ce qu'Allah a ordonné d'unir, et sèment la corruption sur la terre. Ceux-là sont les vrais perdants.

28. Comment pouvez-vous renier Allah alors qu'Il vous a donné la vie, quand vous en étiez privés ? Puis Il vous fera mourir; puis Il vous fera revivre et enfin c'est à Lui que vous retournerez.

29. C'est Lui qui a créé pour vous tout ce qui est sur la terre, puis Il a orienté Sa volonté vers le ciel et en fit sept cieux. Et Il est Omniscient.

30. Lorsque Ton Seigneur confia aux Anges : "Je vais établir sur la terre un vicaire "Khalifat". Ils dirent : "Vas-Tu y désigner un qui y mettra le désordre et répandra le sang, quand nous sommes là à Te sanctifier et à Te glorifier ? " - Il dit : "En vérité, Je sais ce que vous ne savez pas ! ".

31. Et Il apprit à Adam tous les noms (de toutes choses), puis Il les présenta aux Anges et dit : "Informez-Moi des noms de ceux-là, si vous êtes véridiques ! " (dans votre prétention que vous êtes plus

méritants qu'Adam).

32. - Ils dirent : "Gloire à Toi ! Nous n'avons de savoir que ce que Tu nous a appris. Certes c'est Toi l'Omniscient, le Sage".

33. - Il dit : "Ô Adam, informe-les de ces noms; " Puis quand celui-ci les eut informés de ces noms, Allah dit : "Ne vous ai-Je pas dit que Je connais les mystères des cieux et de la terre, et que Je sais ce que vous divulguez et ce que vous cachez ? ".

34. Et lorsque Nous demandâmes aux Anges de se prosterner devant Adam, ils se prosternèrent à l'exception d'Iblis qui refusa, s'enfla d'orgueil et fut parmi les infidèles.

35. Et Nous dîmes : "ô Adam, habite le Paradis toi et ton épouse, et nourrissez-vous-en de partout à votre guise; mais n'approchez pas de l'arbre que voici : sinon vous seriez du nombre des injustes".

36. Peu de temps après, Satan les fit glisser de là et les fit sortir du lieu où ils étaient. Et Nous dîmes : "Descendez (du Paradis); ennemis les uns des autres. Et pour vous il y aura une demeure sur la terre, et un usufruit pour un temps.

37. Puis Adam reçut de son Seigneur des paroles , et Allah agréa son repentir car c'est Lui certes, le Repentant, le Miséricordieux.

38. - Nous dîmes : "Descendez d'ici, vous tous ! Toutes les fois que Je vous enverrai un guide , ceux qui [le] suivront n'auront rien à craindre et ne seront point affligés".

39. Et ceux qui ne croient pas (à nos messagers) et traitent de mensonge Nos révélations, ceux-là sont les gens du Feu où ils demeureront éternellement.

40. ô enfants d'Israël, rappelez-vous Mon bienfait dont Je vous ai comblés. Si vous tenez vos engagements vis-à-vis de Moi, Je tiendrai les miens. Et c'est Moi que vous devez redouter.

41. Et croyez à ce que J'ai fait descendre, en confirmation de ce qui était déjà avec vous; et ne soyez pas les premiers à le rejeter. Et n'échangez pas Mes révélations contre un vil prix. Et c'est Moi que vous devez craindre.

42. Et ne mêlez pas le faux à la vérité. Ne cachez pas sciemment la vérité.

43. Et accomplissez la Salat, et acquittez la Zakat , et inclinez-vous avec ceux qui s'inclinent.

44. Commanderez-vous aux gens de faire le bien , et vous oubliez vous-mêmes de le faire, alors que vous récitez le Livre ? êtes-vous donc dépourvus de raison ?

45. Et cherchez secours dans l'endurance et la Salat : certes, la Salat est une lourde obligation, sauf pour les humbles,

46. qui ont la certitude de rencontrer leur Seigneur (après leur résurrection) et retourner à Lui seul.

47. ô enfants d'Israël, rappelez-vous Mon bienfait dont Je vous ai comblés, (Rappelez-vous) que Je vous ai préférés à tous les peuples (de l'époque).

48. Et redoutez le jour où nulle âme ne suffira en quoi que ce soit à une autre; où l'on n'acceptera d'elle aucune intercession; et où on ne recevra d'elle aucune compensation. Et ils ne seront point secourus.

49. Et [rappelez-vous], lorsque Nous vous avons délivrés des gens de Pharaon, qui vous infligeaient le pire châtiment : en égorgeant vos fils et épargnant vos femmes. C'était là une grande épreuve de la part de votre Seigneur.

50. Et [rappelez-vous], lorsque Nous avons fendu la mer pour vous donner passage ! .. Nous vous avons donc délivrés, et noyé les gens de Pharaon, tandis que vous regardiez.

51. Et [rappelez-vous], lorsque Nous donnâmes rendez-vous à Moïse pendant quarante nuits ! .. Puis en son absence vous avez pris le Veau pour idole alors que vous étiez injustes (à l'égard de vous mêmes en adorant autre qu'Allah).

52. Mais en dépit de cela Nous vous pardonnâmes, afin que vous reconnaissiez (Nos bienfaits à votre égard).

53. Et [rappelez-vous], lorsque Nous avons donné à Moïse le Livre et le Discernement afin que vous soyez guidés.

54. Et [rappelez-vous], lorsque Moïse dit à son peuple : "Ô mon peuple, certes vous vous êtes fait du tort à vous-mêmes en prenant le Veau pour idole. Revenez donc à votre Créateur; puis, tuez donc les coupables vous-mêmes : ce serait mieux pour vous, auprès de votre Créateur" ! ... C'est ainsi qu'Il agréa votre repentir; car c'est Lui,

certes, le Repentant et le Miséricordieux !

55. Et [rappelez-vous], lorsque vous dites : " ô Moïse, nous ne te croirons qu'après avoir vu Allah clairement" ! ... Alors la foudre vous saisit tandis que vous regardiez.

56. Puis Nous vous ressuscitâmes après votre mort afin que vous soyez reconnaissants.

57. Et Nous vous couvrîmes de l'ombre d'un nuage, et fîmes descendre sur vous la manne et les cailles : - "Mangez des délices que Nous vous avons attribués ! " - Ce n'est pas à Nous qu'ils firent du tort, mais ils se firent tort à eux-mêmes.

58. Et [rappelez-vous], lorsque Nous dîmes : "Entrez dans cette ville, et mangez-y à l'envie où il vous plaira; mais entrez par la porte en vous prosternant et demandez la "rémission" (de vos péchés); Nous vous pardonnerons vos fautes si vous faites cela et donnerons davantage de récompense pour les bienfaisants.

59. Mais, à ces paroles, les pervers en substituèrent d'autres, et pour les punir de leur fourberie Nous leur envoyâmes du ciel un châtiment avilissant.


60. Et [rappelez-vous], quand Moïse demanda de l'eau pour désaltérer son peuple, c'est alors que Nous dîmes : "Frappe le rocher avec ton bâton." Et tout d'un coup, douze sources en jaillirent, et certes, chaque tribu sut où s'abreuver ! - "Mangez et buvez de ce qu'Allah vous accorde; et ne semez pas de troubles sur la terre comme des fauteurs de désordre".

61. Et [rappelez-vous], quand vous dîtes : "Ô Moïse, nous ne pouvons plus tolérer une seule nourriture. Prie donc ton Seigneur pour qu'Il nous fasse sortir de la terre ce qu'elle fait pousser, de ses légumes, ses concombres, son ail (ou blé), ses lentilles et ses oignons ! " - Il vous répondit : "Voulez-vous échanger le meilleur pour le moins bon ? Descendez donc à n'importe quelle ville; vous y trouverez certainement ce que vous demandez ! ". L'avilissement et la misère s'abattirent sur eux; ils encoururent la colère d'Allah. Cela est parce qu'ils reniaient les révélations d'Allah, et qu'ils tuaient sans droit les prophètes. Cela parce qu'ils désobéissaient et transgressaient.

62. Certes, ceux qui ont cru, ceux qui se sont judaïsés, les Nazaréens, et les Sabéens, quiconque d'entre eux a cru en Allah, au Jour dernier et accompli de bonnes oeuvres, sera récompensé par son Seigneur; il n'éprouvera aucune crainte et il ne sera jamais affligé .

63. (Et rappelez vous), quand Nous avons contracté un engagement avec vous et brandi sur vous le Mont - : "Tenez ferme ce que Nous vous avons donné et souvenez-vous de ce qui s'y trouve afin que vous soyez pieux ! "

64. Puis vous vous en détournâtes après vos engagements, n'eût été donc la grâce d'Allah et Sa miséricorde, vous seriez certes parmi les perdants.

65. Vous avez certainement connu ceux des vôtres qui transgressèrent le Sabbat. Et bien Nous leur dîmes : "Soyez des singes abjects ! "

66. Nous fîmes donc de cela un exemple pour les villes qui l'entouraient alors et une exhortation pour les pieux.

67. (Et rappelez-vous,) lorsque Moïse dit à son peuple : "Certes Allah vous ordonne d'immoler une vache" . Ils dirent : "Nous prends-tu en moquerie ? " "Qu'Allah me garde d'être du nombre des ignorants" dit-il.

68. - Ils dirent : "Demande pour nous à ton Seigneur qu'Il nous précise ce qu'elle doit être". - Il dit : "Certes Allah dit que c'est bien une vache, ni vieille ni vierge , d'un âge moyen, entre les deux. Faites donc ce qu'on vous commande".

69. - Ils dirent : "Demande donc pour nous à ton Seigneur qu'Il nous précise sa couleur". - Il dit : "Allah dit que c'est une vache jaune, de couleur vive et plaisante à voir".

70. - Ils dirent : "Demande pour nous à ton Seigneur qu'Il nous précise ce qu'elle est car pour nous, les vaches se confondent. Mais, nous y serions certainement bien guidés , si Allah le veut".

71. - Il dit : "Allah dit que c'est bien une vache qui n'a pas été asservie à labourer la terre ni à arroser le champ, indemne d'infirmité et dont la couleur est unie". - Ils dirent : "Te voilà enfin, tu nous as apporté la vérité ! " Ils l'immolèrent alors mais il s'en fallut qu'ils ne l'eussent pas fait.

72. Et quand vous aviez tué un homme et que chacun de vous cherchait à se disculper ! ... Mais Allah démasque ce que vous dissimuliez.

73. Nous dîmes donc : "Frappez le tué avec une partie de la vache". - Ainsi Allah ressuscite les morts et vous montre les signes (de Sa puissance) afin que vous raisonniez.

74. Puis, et en dépit de tout cela , vos cœurs se sont endurcis; ils sont devenus comme des pierres ou même plus durs encore; car il y a des pierres d'où jaillissent les ruisseaux, d'autres se fendent pour qu'en surgisse l'eau, d'autres s'affaissent par crainte d'Allah. Et Allah n'est certainement jamais inattentif à ce que vous faites.

75. - Eh bien, espérez-vous [Musulmans], que des pareils gens (les Juifs) vous partageront la foi ? alors qu'un groupe d'entre eux, après avoir entendu et compris la parole d'Allah, la falsifièrent sciemment.

76. - Et quand ils rencontrent des croyants, ils disent : "Nous croyons"; et, une fois seuls entre eux, ils disent : "Allez-vous confier aux musulmans ce qu'Allah vous a révélé pour leur fournir, ainsi, un argument contre vous devant votre Seigneur ! êtes-vous donc dépourvus de raison ? ".

77. - Ne savent-ils pas qu'en vérité Allah sait ce qu'ils cachent et ce qu'ils divulguent ?

78. Et il y a parmi eux des illettrés qui ne savent rien du Livre hormis des prétentions et ils ne font que des conjectures.

79. Malheur, donc, à ceux qui de leurs propres mains composent un livre puis le présentent comme venant d'Allah pour en tirer un vil profit ! - Malheur à eux, donc , à cause de ce que leurs mains ont écrit, et malheur à eux à cause de ce qu'ils en profitent !

80. Et ils ont dit : "Le Feu ne nous touchera que pour quelques jours comptés ! " Dis : "Auriez-vous pris un engagement avec Allah - car Allah ne manque jamais à Son engagement; - non, mais vous dites sur Allah ce que vous ne savez pas".

81. Bien au contraire ! Ceux qui font le mal et qui se font cerner par leurs péchés, ceux-là sont les gens du Feu où ils demeureront éternellement.

82. Et ceux qui croient et pratiquent les bonnes oeuvres, ceux-là sont

les gens du Paradis où ils demeureront éternellement.

83. Et [rappelle-toi], lorsque Nous avons pris l'engagement des enfants d'Israël de n'adorer qu'Allah, de faire le bien envers les pères, les mères, les proches parents, les orphelins et les nécessiteux, d'avoir de bonnes paroles avec les gens; d'accomplir régulièrement la Salat et d'acquitter le Zakat ! - Mais à l'exception d'un petit nombre de vous, vous manquiez à vos engagements en vous détournant de Nos commandements.

84. Et rappelez-vous, lorsque Nous obtînmes de vous l'engagement de ne pas vous verser le sang, [par le meurtre] de ne pas vous expulser les uns les autres de vos maisons. Puis vous y avez souscrit avec votre propre témoignage.

85. Quoique ainsi engagés, voilà que vous vous entre-tuez, que vous expulsez de leurs maisons une partie d'entre vous contre qui vous prêtez main forte par péché et agression. Mais quelle contradiction ! Si vos coreligionnaires vous viennent captifs vous les rançonnez alors qu'il vous était interdit de les expulser (de chez eux). Croyez-vous donc en une partie du Livre et rejetez-vous le reste ? Ceux d'entre vous qui agissent de la sorte ne méritent que l'ignominie dans cette vie, et au Jour de la Résurrection ils serons refoulés au plus dur châtiment, et Allah n'est pas inattentif à ce que vous faites .

86. Voilà ceux qui échangent la vie présente contre le vie future. Eh bien, leur châtiment ne sera pas diminué. Et ils ne seront point secourus.

87. Certes, Nous avons donné le Livre à Moïse; Nous avons envoyé après lui des prophètes successifs. Et Nous avons donné des preuves à Jésus fils de Marie, et Nous l'avons renforcé du Saint-Esprit. Est-ce qu'à chaque fois, qu'un Messager vous apportait des vérités contraires à vos souhaits vous vous enfliez d'orgueil ? Vous traitiez les uns d'imposteurs et vous tuiez les autres .

88. Et ils dirent : "Nos cœurs sont enveloppés et impénétrables" - Non mais Allah les a maudits à cause de leur infidélité, leur foi est donc médiocre.

89. Et quant leur vint d'Allah un Livre confirmant celui qu'ils avaient déjà, - alors qu'auparavant ils cherchaient la suprématie sur les

mécréants, - quand donc leur vint cela même qu'ils reconnaissaient, ils refusèrent d'y croire. Que la malédiction d'Allah soit sur les mécréants !

90. Comme est vil ce contre quoi ils ont troqué leurs âmes ! Ils ne croient pas en ce qu'Allah a fait descendre, révoltés à l'idée qu'Allah, de part Sa grâce, fasse descendre la révélation sur ceux de Ses serviteurs qu'Il veut. Ils ont donc acquis colère sur colère, car un châtiment avilissant attend les infidèles !

91. Et quand on leur dit : "Croyez à ce qu'Allah a fait descendre", ils disent : "Nous croyons à ce qu'on a fait descendre à nous". Et ils rejettent le reste, alors qu'il est la vérité confirmant ce qu'il y avait déjà avec eux. - Dis : "Pourquoi donc avez-vous tué auparavant les prophètes d'Allah, si vous étiez croyants ? ".

92. Et en effet Moïse vous est venu avec les preuves. Malgré cela, une fois absent vous avez pris le Veau pour idole, alors que vous étiez injustes.

93. Et rappelez-vous, lorsque Nous avons pris l'engagement de vous, et brandi sur vous At-Tur (le Mont Sinaï) en vous disant : "Tenez ferme à ce que Nous vous avons donné, et écoutez ! ". Ils dirent : "Nous avons écouté et désobéi". Dans leur impiété, leurs cœurs étaient passionnément épris du Veau (objet de leur culte). Dis[-leur]: "Quelles mauvaises prescriptions ordonnées par votre foi, si vous êtes croyants" .

94. - Dis : "Si l'Ultime demeure auprès d'Allah est pour vous seuls, à l'exclusion des autres gens, souhaitez donc la mort [immédiate] si vous êtes véridiques ! "

95. Or, ils ne le souhaiteront jamais, sachant tout le mal qu'ils ont perpétré de leurs mains. Et Allah connaît bien les injustes.

96. Et certes tu les trouveras les plus attachés à la vie [d'ici-bas], pire en cela que les Associateurs . Tel d'entre eux aimerait vivre mille ans. Mais une pareille longévité ne le sauvera pas du châtiment ! Et Allah voit bien leurs actions.

97. Dis : "Quiconque est ennemi de Gabriel doit connaître que c'est lui qui, avec la permission d'Allah, a fait descendre sur ton cœur cette

révélation qui déclare véridiques les messages antérieurs et qui sert aux croyants de guide et d'heureuse annonce".

98. [Dis : ] "Quiconque est ennemi d'Allah, de Ses anges, de Ses messagers, de Gabriel et de Michaël... [Allah sera son ennemi] car Allah est l'ennemi des infidèles".

99. Et très certainement Nous avons fait descendre vers toi des signes évidents. Et seuls les pervers n'y croient pas.

100. Faudrait-il chaque fois qu'ils concluent un pacte, qu'une partie d'entre eux le dénonce ? C'est que plutôt la plupart d'entre eux ne sont pas croyants.

101. Et quand leur vint d'Allah un messager confirmant ce qu'il y avait déjà avec eux, certains à qui le Livre avait été donné, jetèrent derrière leur dos le Livre d'Allah comme s'ils ne savaient pas !

102. Et ils suivirent ce que les diables racontent contre le règne de Solayman. Alors que Solayman n'a jamais été mécréant mais bien les diables : ils enseignent aux gens la magie ainsi que ce qui est descendu aux deux anges Harout et Marout, à Babylone; mais ceux-ci n'enseignaient rien à personne, qu'ils n'aient dit d'abord : "Nous ne sommes rien qu'une tentation : ne soit pas mécréant" ; ils apprennent auprès d'eux ce qui sème la désunion entre l'homme et son épouse. Or ils ne sont capables de nuire à personne qu'avec la permission d'Allah. Et les gens apprennent ce qui leur nuit et ne leur est pas profitable. Et ils savent, très certainement, que celui qui acquiert [ce pouvoir] n'aura aucune part dans l'au-delà. Certes, quelle détestable marchandise pour laquelle ils ont vendu leurs âmes ! Si seulement ils savaient !

103. Et s'ils croyaient et vivaient en piété, une récompense de la part d'Allah serait certes meilleure. Si seulement ils savaient !

104. ô vous qui croyez ! Ne dites pas : "Raina" (favorise-nous) mais dites : "Onzurna" (regarde-nous); et écoutez ! Un châtiment douloureux sera pour les infidèles.

105. Ni les mécréants parmi les gens du Livre , ni les Associateurs n'aiment qu'on fasse descendre sur vous un bienfait de la part de votre Seigneur, alors qu'Allah réserve à qui Il veut sa Miséricorde. Et c'est Allah le Détenteur de l'abondante grâce.

106. Si Nous abrogeons un verset quelconque ou que Nous le fassions oublier, Nous en apportons un meilleur, ou un semblable. Ne sais-tu pas qu'Allah est Omnipotent ?

107. Ne sais-tu pas qu'à Allah, appartient le royaume des cieux et de la terre, et qu'en dehors d'Allah vous n'avez ni protecteur ni secoureur ?

108. Voudriez-vous interroger votre Messager comme auparavant on interrogea Moïse ? Quiconque substitue la mécréance à la foi s'égare certes du droit chemin.

109. Nombre de gens du Livre aimeraient par jalousie de leur part, pouvoir vous rendre mécréants après que vous ayez cru. Et après que la vérité s'est manifestée à eux ? Pardonnez et oubliez jusqu'à ce qu'Allah fasse venir Son commandement. Allah est très certainement Omnipotent !

110. Et accomplissez la Salat et acquittez la Zakat. Et tout ce que vous avancez de bien pour vous-mêmes, vous le retrouverez auprès d'Allah, car Allah voit parfaitement ce que vous faites.

111. Et ils ont dit : "Nul n'entrera au Paradis que Juifs ou Chrétiens". Voilà leurs chimères. - Dis : "Donnez votre preuve, si vous êtes véridiques".

112. Non, mais quiconque soumet à Allah son être tout en faisant le bien, aura sa rétribution auprès de son Seigneur. Pour eux, nulle crainte, et ils ne seront point attristés.

113. Et les Juifs disent : "Les Chrétiens ne tiennent sur rien"; et les Chrétiens disent : "Les Juifs ne tiennent sur rien", alors qu'ils lisent le Livre ! De même ceux qui ne savent rien tiennent un langage semblable au leur. Eh bien, Allah jugera sur ce quoi ils s'opposent, au Jour de la Résurrection.

114. Qui est plus injuste que celui qui empêche que dans les mosquées d'Allah, on mentionne Son Nom, et qui s'efforce à les détruire ? De tels gens ne devraient y entrer qu'apeurés. Pour eux, ignominie ici-bas, et dans l'au-delà un énorme châtiment.

115. A Allah seul appartiennent l'Est et l'Ouest. Où que vous vous tourniez, la Face (direction) d'Allah est donc là, car Allah a la grâce immense; Il est Omniscient.

116. Et ils ont dit : "Allah s'est donné un fils" ! Gloire à Lui ! Non ! mais c'est à Lui qu'appartient ce qui est dans les cieux et la terre et c'est à Lui que tous obéissent.

117. Il est le Créateur des cieux et de la terre à partir du néant ! Lorsqu'Il décide une chose, Il dit seulement : "Sois", et elle est aussitôt.

118. Et ceux qui ne savent pas on dit : "Pourquoi Allah ne nous parle-t-Il pas [directement], ou pourquoi un signe ne nous vient-il pas" ? De même, ceux d'avant eux disaient une parole semblable. Leurs cœurs se ressemblent. Nous avons clairement exposé les signes pour des gens qui ont la foi ferme.


119. Certes, Nous t'avons envoyé avec la vérité, en annonciateur et avertisseur; et on ne te demande pas compte des gens de l'Enfer.

120. Ni les Juifs, ni les Chrétiens ne seront jamais satisfaits de toi, jusqu'à ce que tu suives leur religion. - Dis : "Certes, c'est la direction d'Allah qui est la vraie direction". Mais si tu suis leurs passions après ce que tu as reçu de science, tu n'auras contre Allah ni protecteur ni secoureur.

121. Ceux à qui Nous avons donné le Livre, qui le récitent comme il se doit, ceux-là y croient. Et ceux qui n'y croient pas sont les perdants.

122. ô enfants d'Israël, rappelez-vous Mon bienfait dont Je vous ai comblés et que Je vous ai favorisés par dessus le reste du monde (de leur époque).

123. Et redoutez le jour où nulle âme ne bénéficiera à une autre, où l'on n'acceptera d'elle aucune compensation, et où aucune intercession ne lui sera utile. Et ils ne seront pas secourus.

124. [Et rappelle-toi,] quand ton Seigneur eut éprouvé Abraham par certains commandements, et qu'il les eut accomplis, le Seigneur lui dit : "Je vais faire de toi un exemple à suivre pour les gens". - "Et parmi ma descendance" ? demanda-t-il. - "Mon engagement, dit Allah, ne s'applique pas aux injustes".

125. [Et rappelle-toi], quand nous fîmes de la Maison un lieu de visite et un asile pour les gens - Adoptez donc pour lieu de prière, ce lieu où Abraham se tint debout - Et Nous confiâmes à Abraham et à

Ismaël ceci : "Purifiez Ma Maison pour ceux qui tournent autour, y font retraite pieuse, s'y inclinent et s'y prosternent.

126. Et quand Abraham supplia : "ô mon Seigneur, fais de cette cité un lieu de sécurité, et fais attribution des fruits à ceux qui parmi ses habitants auront cru en Allah et au Jour dernier", le Seigneur dit : "Et quiconque n'y aura pas cru, alors Je lui concéderai une courte jouissance [ici-bas], puis Je le contraindrai au châtiment du Feu [dans l'au-delà]. Et quelle mauvaise destination" !

127. Et quand Abraham et Ismaël élevaient les assises de la Maison : "Ô notre Seigneur, accepte ceci de notre part ! Car c'est Toi l'Audient, l'Omniscient.

128. Notre Seigneur ! Fais de nous Tes Soumis , et de notre descendance une communauté soumise à Toi. Et montre nous nos rites et accepte de nous le repentir. Car c'est Toi certes l'Accueillant au repentir, le Miséricordieux.

129. Notre Seigneur ! Envoie l'un des leurs comme messager parmi eux, pour leur réciter Tes versets , leur enseigner le Livre et la Sagesse, et les purifier. Car c'est Toi certes le Puissant, le Sage !

130. Qui donc aura en aversion la religion d'Abraham, sinon celui qui sème son âme dans la sottise ? Car très certainement Nous l'avons choisi en ce monde; et, dans l'au-delà, il est certes du nombre des gens de bien.

131. Quand son Seigneur lui avait dit : "Soumets-toi", il dit : "Je me soumets au Seigneur de l'Univers".

132. Et c'est ce que Abraham recommanda à ses fils, de même que Jacob : "ô mes fils, certes Allah vous a choisi la religion : ne mourrez point, donc , autrement qu'en Soumis" ! (à Allah).

133. étiez-vous témoins quand la mort se présenta à Jacob et qu'il dit à ses fils : "Qu'adorerez-vous après moi" ? - Ils répondirent : "Nous adorerons ta divinité et la divinité de tes pères, Abraham, Ismaël et Isaac, Divinité Unique et à laquelle nous sommes Soumis".

134. Voilà une génération bel et bien révolue. A elle ce qu'elle a acquis, et à vous ce que vous avez acquis. On ne vous demandera pas compte de ce qu'ils faisaient.

135. Ils ont dit : "Soyez Juifs ou Chrétiens, vous serez donc sur la bonne voie". - Dis : "Non, mais suivons la religion d'Abraham, le modèle même de la droiture et qui ne fut point parmi les Associateurs".

136. Dites : "Nous croyons en Allah et en ce qu'on nous a révélé, et en ce qu'on n'a fait descendre vers Abraham et Ismaël et Isaac et Jacob et les Tribus, et en ce qui a été donné à Moïse et à Jésus, et en ce qui a été donné aux prophètes, venant de leur Seigneur : nous ne faisons aucune distinction entre eux. Et à Lui nous sommes Soumis".

137. Alors, s'ils croient à cela même à quoi vous croyez, ils seront certainement sur la bonne voie. Et s'ils s'en détournent, ils seront certes dans le schisme ! Alors Allah te suffira contre eux. Il est l'Audient, l'Omniscient.

138. "Nous suivons la religion d'Allah ! Et qui est meilleur qu'Allah en Sa religion ? C'est Lui que nous adorons".

139. Dis : "Discutez-vous avec nous au sujet d'Allah, alors qu'Il est notre Seigneur et le vôtre ? A nous nos actions et à vous les vôtres ! C'est à Lui que nous sommes dévoués.

140. Ou dites-vous qu'Abraham, Ismaël, Isaac et Jacob et les tribus étaient Juifs ou Chrétiens ? " - Dis : "Est-ce vous les plus savants, ou Allah ? " - Qui est plus injuste que celui qui cache un témoignage qu'il détient d'Allah ? Et Allah n'est pas inattentif à ce que vous faites.

141. Voilà une génération bel et bien révolue. A elle ce qu'elle a acquis, et à vous ce que vous avez acquis. Et on ne vous demandera pas compte de ce qu'ils faisaient.

142. Les faibles d'esprit parmi les gens vont dire : "Qui les a détournés de la direction (Cibla) vers laquelle ils s'orientaient auparavant ? " - Dis : "C'est à Allah qu'appartiennent le Levant et le Couchant. Il guide qui Il veut vers un droit chemin".

143. Et aussi Nous avons fait de vous une communauté de justes pour que vous soyez témoins aux gens, comme le Messager sera témoin à vous. Et Nous n'avions établi la direction (Cibla) vers laquelle tu te tournais que pour savoir qui suit le Messager (Muhammad) et qui s'en retourne sur ses talons. C'était un

changement difficile, mais pas pour ceux qu'Allah guide. Et ce n'est pas Allah qui vous fera perdre [la récompense de] votre foi, car Allah, certes est Compatissant et Miséricordieux pour les hommes

144. Certes nous te voyons tourner le visage en tous sens dans le ciel. Nous te faisons donc orienter vers une direction qui te plaît. Tourne donc ton visage vers la Mosquée sacrée. Où que vous soyez, tournez-y vos visages. Certes, ceux à qui le Livre a été donné savent bien que c'est la vérité venue de leur Seigneur. Et Allah n'est pas inattentif à ce qu'ils font.

145. Certes si tu apportait toutes les preuves à ceux à qui le Livre a été donné, ils ne suivraient pas ta direction (Cibla) ! Et tu ne suivras pas la leur; et entre eux, les uns ne suivent pas la direction des autres. Et si tu suivais leurs passions après ce que tu as reçu de science, tu sera, certes, du nombre des injustes.

146. Ceux à qui nous avons donné le Livre, le reconnaissent comme ils reconnaissent leurs enfants. Or une partie d'entre eux cache la vérité, alors qu'ils la savent !

147. La vérité vient de ton Seigneur. Ne sois donc pas de ceux qui doutent.

148. A chacun une orientation vers laquelle il se tourne. Rivalisez donc dans les bonnes oeuvres. Où que vous soyez, Allah vous ramènera tous vers Lui, car Allah est, certes Omnipotent.

149. Et d'où que tu sortes, tourne ton visage vers la Mosquée sacrée. Oui voilà bien la vérité venant de ton Seigneur. Et Allah n'est pas inattentif à ce que vous faites.

150. Et d'où que tu sortes, tourne ton visage vers la Mosquée sacrée. Et où que vous soyez, tournez-y vos visages, afin que les gens n'aient pas d'argument contre vous, sauf ceux d'entre eux qui sont de vrais injustes. Ne les craignez donc pas; mais craignez-Moi pour que Je parachève Mon bienfait à votre égard, et que vous soyez bien guidés !

151. Ainsi, Nous avons envoyé parmi vous un messager de chez vous qui vous récite Nos versets, vous purifie, vous enseigne le Livre et la Sagesse et vous enseigne ce que vous ne saviez pas.

152. Souvenez-vous de Moi donc, Je vous récompenserai. Remerciez-Moi et ne soyez pas ingrats envers Moi.

153. ô les croyants ! Cherchez secours dans l'endurance et la Salat. Car Allah est avec ceux qui sont endurants.

154. Et ne dites pas de ceux qui sont tués dans le sentier d'Allah qu'ils sont morts. Au contraire ils sont vivants, mais vous en êtes inconscients.

155. Très certainement, Nous vous éprouverons par un peu de peur, de faim et de diminution de biens, de personnes et de fruits. Et fais la bonne annonce aux endurants,

156. qui disent, quand un malheur les atteint : "Certes nous sommes à Allah, et c'est à Lui que nous retournerons".

157. Ceux-là reçoivent des bénédictions de leur Seigneur, ainsi que la miséricorde; et ceux-là sont les biens guidés.

158. As Safa et Al Marwah sont vraiment parmi les lieux sacrés d'Allah. Donc, quiconque fait pèlerinage à la Maison ou fait l'Umra ne commet pas de péché en faisant le va-et-vient entre ces deux monts. Et quiconque fait de son propre gré une bonne oeuvre, alors Allah est Reconnaissant, Omniscient.

159. Certes ceux qui cachent ce que Nous avons fait descendre en fait de preuves et de guide après l'exposé que Nous en avons fait aux gens, dans le Livre, voilà ceux qu'Allah maudit et que les maudisseurs maudissent

160. sauf ceux qui se sont repentis, corrigés et déclarés : d'eux Je reçois le repentir. Car c'est Moi, l'Accueillant au repentir, le Miséricordieux.

161. Ceux qui ne croient pas et meurent mécréants, recevront la malédiction d'Allah, des Anges et de tous les hommes.

162. Ils y demeureront éternellement; le châtiment ne leur sera pas allégé, et on ne leur accordera pas le répit.

163. Et votre Divinité est une divinité unique. Pas de divinité à part lui, le Tout Miséricordieux, le Très Miséricordieux.

164. Certes la création des cieux et de la terre, dans l'alternance de la nuit et du jour, dans le navire qui vogue en mer chargé de choses profitables aux gens, dans l'eau qu'Allah fait descendre du ciel, par

laquelle Il rend la vie à la terre une fois morte et y répand des bêtes de toute espèce, dans la variation des vents, et dans les nuages soumis entre le ciel et la terre, en tout cela il y a des signes, pour un peuple qui raisonne.

165. Parmi les hommes, il en est qui prennent, en dehors d'Allah, des égaux à Lui, en les aimant comme on aime Allah. Or les croyants sont les plus ardents en l'amour d'Allah. Quand les injustes verront le châtiment, ils sauront que la force tout entière est à Allah et qu'Allah est dur en châtiment !...

166. Quand les meneurs désavoueront le suiveurs à la vue du châtiment, les liens entre eux seront bien brisés !

167. Et les suiveurs diront : "Ah ! Si un retour nous était possible ! Alors nous les désavouerions comme ils nous ont désavoués" - Ainsi Allah leur montra leurs actions; source de remords pour eux; mais ils ne pourront pas sortir du Feu.


168. ô gens ! De ce qui existe sur la terre, mangez le licite et le pur; ne suivez point les pas du Diable car il est vraiment pour vous, un ennemi déclaré.

169. Il ne vous commande que le mal et la turpitude et de dire contre Allah ce que vous ne savez pas.

170. Et quand on leur dit : "Suivez ce qu'Allah a fait descendre", ils disent : "Non, mais nous suivrons les coutumes de nos ancêtres." - Quoi ! et si leurs ancêtres n'avaient rien raisonné et s'ils n'avaient pas été dans la bonne direction ?

171. Les mécréants ressemblent à [du bétail] auquel on crie et qui entend seulement appel et voix confus. Sourds, muets, aveugles, ils ne raisonnent point.

172. ô les croyants ! Mangez des (nourritures) licites que Nous vous avons attribuées. Et remerciez Allah, si c'est Lui que vous adorez.

173. Certes, Il vous est interdit la chair d'une bête morte, le sang, la viande de porc et ce sur quoi on a invoqué un autre qu'Allah. Il n'y a pas de péché sur celui qui est contraint sans toutefois abuser ni transgresser, car Allah est Pardonneur et Miséricordieux.

174. Ceux qui cachent ce qu'Allah à fait descendre du Livre et le vendent à vil prix, ceux-là ne s'emplissent le ventre que de Feu. Allah

ne leur adressera pas la parole, au Jour de la Résurrection, et ne les purifiera pas. Et il y aura pour eux un douloureux châtiment.

175. Ceux-là ont échangé la bonne direction contre l'égarement et le pardon contre le châtiment. Qu'est-ce qui leur fera supporter le Feu ?!

176. C'est ainsi, car c'est avec la vérité qu'Allah a fait descendre le Livre; et ceux qui s'opposent au sujet du Livre sont dans une profonde divergence.

177. La bonté pieuse ne consiste pas à tourner vos visages vers le Levant ou le Couchant. Mais la bonté pieuse est de croire en Allah, au Jour dernier, aux Anges, au Livre et aux prophètes, de donner de son bien, quelqu'amour qu'on en ait, aux proches, aux orphelins, aux nécessiteux, aux voyageurs indigents et à ceux qui demandent l'aide et pour délier les jougs, d'accomplir la Salat et d'acquitter la Zakat. Et ceux qui remplissent leurs engagements lorsqu'ils se sont engagés, ceux qui sont endurants dans la misère, la maladie et quand les combats font rage, les voilà les véridiques et les voilà les vrais pieux !

178. ô les croyants ! On vous a prescrit le talion au sujet des tués : homme libre pour homme libre, esclave pour esclave, femme pour femme. Mais celui à qui son frère aura pardonné en quelque façon doit faire face à une requête convenable et doit payer des dommages de bonne grâce. Ceci est un allégement de la part de votre Seigneur et une miséricorde. Donc, quiconque après cela transgresse, aura un châtiment douloureux.

179. C'est dans le talion que vous aurez la préservation de la vie, ô vous doués d'intelligence, ainsi atteindrez-vous la piété.

180. On vous a prescrit, quand la mort est proche de l'un de vous et s'il laisse des biens, de faire un testament en règle en faveur de ses père et mère et de ses plus proches. C'est un devoir pour les pieux.

181. Quiconque l'altère après l'avoir entendu, le péché ne reposera que sur ceux qui l'ont altéré; certes, Allah est Audient et Omniscient.

182. Mais quiconque craint d'un testateur quelque partialité (volontaire ou involontaire), et les réconcilie, alors pas de péché sur lui car Allah est certes Pardonneur et Miséricordieux !

183. ô les croyants ! On vous a prescrit as-Siyam comme on l'a prescrit à ceux d'avant vous, ainsi atteindrez-vous la piété,

184. pendant un nombre déterminé de jours. Quiconque d'entre vous est malade ou en voyage, devra jeûner un nombre égal d'autres jours. Mais pour ceux qui ne pourraient le supporter (qu'avec grande difficulté), il y a une compensation : nourrir un pauvre. Et si quelqu'un fait plus de son propre gré, c'est pour lui; mais il est mieux pour vous de jeûner; si vous saviez !

185. (Ces jours sont) le mois de Ramadan au cours duquel le Coran a été descendu comme guide pour les gens, et preuves claires de la bonne direction et du discernement. Donc quiconque d'entre vous est présent en ce mois, qu'il jeûne ! Et quiconque est malade ou en voyage, alors qu'il jeûne un nombre égal d'autres jours. - Allah veut pour vous la facilité, Il ne veut pas la difficulté pour vous, afin que vous en complétiez le nombre et que vous proclamiez la grandeur d'Allah pour vous avoir guidés, et afin que vous soyez reconnaissants !

186. Et quand Mes serviteurs t'interrogent sur Moi.. alors Je suis tout proche : Je réponds à l'appel de celui qui Me prie quand il Me prie. Qu'ils répondent à Mon appel, et qu'ils croient en Moi, afin qu'ils soient bien guidés.

187. On vous a permis, la nuit d'as-Siyam, d'avoir des rapports avec vos femmes; elles sont un vêtement pour vous et vous un vêtement pour elles. Allah sait que vous aviez clandestinement des rapports avec vos femmes. Il vous a pardonné et vous a graciés. Cohabitez donc avec elles, maintenant, et cherchez ce qu'Allah a prescrit en votre faveur; mangez et buvez jusqu'à ce que se distingue, pour vous, le fil blanc de l'aube du fil noir de la nuit . Puis accomplissez le jeûne jusqu'à la nuit. Mais ne cohabitez pas avec elles pendant que vous êtes en retraite rituelle dans les mosquées. Voilà les lois d'Allah : ne vous en approchez donc pas (pour les transgresser).C'est ainsi qu'Allah expose aux hommes Ses enseignements, afin qu'ils deviennent pieux.

188. Et ne dévorez pas mutuellement et illicitement vos biens, et ne vous en servez pas pour corrompre des juges pour vous permettre de

dévorer une partie des biens des gens, injustement et sciemment.

189. Ils t'interrogent sur les nouvelles lunes - Dis : "Elles servent aux gens pour compter le temps, et aussi pour le Hajj [pèlerinage]. Et ce n'est pas un acte de bienfaisance que de rentrer chez vous par l'arrière des maisons . Mais la bonté pieuse consiste à craindre Allah. Entrer donc dans les maisons par leurs portes. Et craignez Allah afin que vous réussissiez ! ".

190. Combattez dans le sentier d'Allah ceux qui vous combattent, et ne transgressez pas. Certes. Allah n'aime pas les transgresseurs !

191. Et tuez-les, où que vous les rencontriez; et chassez-les d'où ils vous ont chassés : l'association est plus grave que le meurtre. Mais ne les combattez pas près de la Mosquée sacrée avant qu'ils ne vous y aient combattus. S'ils vous y combattent, tuez-les donc. Telle est la rétribution des mécréants.

192. S'ils cessent, Allah est, certes, Pardonneur et Miséricordieux.

193. Et combattez-les jusqu'à ce qu'il n'y ait plus d'association et que la religion soit entièrement à Allah seul. S'ils cessent, donc plus d'hostilités, sauf contre les injustes.

194. Le Mois sacré pour le mois sacré ! - Le talion s'applique à toutes choses sacrées -. Donc, quiconque transgresse contre vous, transgressez contre lui, à transgression égale. Et craignez Allah. Et sachez qu'Allah est avec les pieux.

195. Et dépensez dans le sentier d'Allah. Et ne vous jetez pas par vos propres mains dans la destruction . Et faite le bien. Car Allah aime les bienfaisants.

196. Et accomplissez pour Allah le pèlerinage et l'Umra. Si vous en êtes empêchés, alors faite un sacrifice qui vous soit facile. Et ne rasez pas vos têtes avant que l'offrande [l'animal à sacrifier] n'ait atteint son lieu d'immolation. Si l'un d'entre vous est malade ou souffre d'une affection de la tête (et doit se raser), qu'il se rachète alors par un Siyam ou par une aumône ou par un sacrifice. Quand vous retrouverez ensuite la paix, quiconque a joui d'une vie normale après avoir fait l'Umra en attendant le pèlerinage, doit faire un sacrifice qui lui soit facile. S'il n'a pas les moyens, qu'il jeûne trois jours pendant le pèlerinage et sept jours une fois rentré chez lui, soit en tout dix

jours. Cela est prescrit pour celui dont la famille n'habite pas auprès de la Mosquée sacrée. Et craignez Allah. Et sachez qu'Allah est dur en punition.

197. Le pèlerinage à lieu dans des mois connus. Si l'on se décide de l'accomplir, alors point de rapport sexuel , point de perversité, point de dispute pendant le pèlerinage. Et le bien que vous faites, Allah le sait. Et prenez vos provisions; mais vraiment la meilleur provision est la piété. Et redoutez-Moi, ô doués d'intelligence !
198. Ce n'est pas un pêché que d'aller en quête de quelque grâce de votre Seigneur. Puis, quand vous déferlez depuis Arafat, invoquez Allah, à al-Mashar-al-Haram (Al-Muzdalifa). Et invoquez-Le comme Il vous a montré la bonne voie, quoiqu'auparavant vous étiez du nombre des égarés.
199. Ensuite déferlez par où les gens déferlèrent, et demandez pardon à Allah. Car Allah est Pardonneur et Miséricordieux.
200. Et quand vous aurez achevé vos rites, alors invoquez Allah comme vous invoquez vos pères, et plus ardemment encore. Mais il est des gens qui disent seulement : "Seigneur ! Accorde nous [le bien] ici-bas ! " - Pour ceux-là, nulle part dans l'au-delà.
201. Et il est des gens qui disent : "Seigneur ! Accorde nous belle ici-bas, et belle part aussi dans l'au-delà; et protège-nous du châtiment du Feu ! ".
202. Ceux-là auront une part de ce qu'ils auront acquis. Et Allah est prompt à faire rendre compte.
203. Et invoquez Allah pendant un nombre de jours déterminés. Ensuite, il n'y a pas de péché, pour qui se comporte en piété, à partir au bout de deux jours, à s'attarder non plus. Et craignez Allah. Et sachez que c'est vers Lui que vous serez rassemblés.

204. Il y a parmi les gens celui dont la parole sur la vie présente te plaît, et qui prend Allah à témoin de ce qu'il a dans le cœur, tandis que c'est le plus acharné disputeur.
205. Dès qu'il tourne le dos, il parcourt la terre pour y semer le désordre et saccager culture et bétail. Et Allah n'aime pas le désordre.
206. Et quand on lui dit : "Redoute Allah", l'orgueil criminel

s'empare de lui, l'Enfer lui suffira, et quel mauvais lit, certes !

207. Et il y a parmi les gens celui qui se sacrifie pour la recherche de l'agrément d'Allah. Et Allah est Compatissant envers Ses serviteurs.

208. ô les croyants ! Entrez en plein dans l'Islam, et ne suivez point les pas du diable, car il est certes pour vous un ennemi déclaré.

209. Puis, si vous bronchez, après que les preuves vous soient venues, sachez alors qu'Allah est Puissant et Sage.

210. Qu'attendent-ils sinon qu'Allah leur vienne à l'ombre des nuées de même que les Anges et que leur sort soit réglé ? Et c'est à Allah que toute chose est ramenée.

211. Demande aux enfants d'Israël combien de miracles évidents Nous leur avons apportés ! Or, quiconque altère le bienfait d'Allah après qu'il lui soit parvenu... alors, Allah vraiment est dur en punition.

212. On a enjolivé la vie présente à ceux qui ne croient pas, et ils se moquent de ceux qui croient. Mais les pieux seront au-dessus d'eux, au Jour de la Résurrection. Et Allah accorde Ses bienfaits à qui Il veut, sans compter.


213. Les gens formaient (à l'origine) une seule communauté (croyante). Puis, (après leurs divergences,) Allah envoya des prophètes comme annonciateurs et avertisseurs; et Il fit descendre avec eux le Livre contenant la vérité, pour régler parmi les gens leurs divergences. Mais, ce sont ceux-là mêmes à qui il avait été apporté, qui se mirent à en disputer, après que les preuves leur furent venues, par esprit de rivalité ! Puis Allah, de par Sa Grâce, guida ceux qui crurent vers cette Vérité sur laquelle les autres disputaient. Et Allah guide qui Il veut vers le chemin droit.

214. Pensez-vous entrer au Paradis alors que vous n'avez pas encore subi des épreuves semblables à celles que subirent ceux qui vécurent avant vous ? Misère et maladie les avaient touchés; et ils furent secoués jusqu'à ce que le Messager, et avec lui, ceux qui avaient cru, se fussent écriés : "Quand viendra le secours d'Allah ? " - Quoi ! Le secours d'Allah est sûrement proche.

215. Ils t'interrogent : "Qu'est-ce qu'on doit dépenser ? " - Dis : "Ce que vous dépensez de bien devrait être pour les pères et mère, les

proches, les orphelins, les pauvres et les voyageurs indigents. Et tout ce que vous faites de bien, vraiment Allah le sait".

216. Le combat vous a été prescrit alors qu'il vous est désagréable. Or, il se peut que vous ayez de l'aversion pour une chose alors qu'elle vous est un bien. Et il se peut que vous aimiez une chose alors qu'elle vous est mauvaise. C'est Allah qui sait, alors que vous ne savez pas.

217. - Ils t'interrogent sur le fait de faire la guerre pendant les mois sacrés. - Dis : "Y combattre est un péché grave, mais plus grave encore auprès d'Allah est de faire obstacle au sentier d'Allah, d'être impie envers Celui-ci et la Mosquée sacrée, et d'expulser de là ses habitants . L'association est plus grave que le meurtre." Or, ils ne cesseront de vous combattre jusqu'à, s'ils peuvent, vous détourner de votre religion. Et ceux parmi vous qui adjureront leur religion et mourront infidèles, vaines seront pour eux leurs actions dans la vie immédiate et la vie future. Voilà les gens du Feu : ils y demeureront éternellement.

218. Certes, ceux qui ont cru, émigré et lutté dans le sentier d'Allah, ceux-là espèrent la miséricorde d'Allah. Et Allah est Pardonneur et Miséricordieux.

219. - Ils t'interrogent sur le vin et les jeux de hasard. Dis : "Dans les deux il y a un grand péché et quelques avantages pour les gens; mais dans les deux, le péché est plus grand que l'utilité". Et ils t'interrogent : "Que doit-on dépenser (en charité) ? " Dis : " L'excédent de vos bien." Ainsi, Allah vous explique Ses versets afin que vous méditez

220. sur ce monde et sur l'au-delà ! Et ils t'interrogent au sujet des orphelins . Dis : "Leur faire du bien est la meilleur action. Si vous vous mêlez à eux, ce sont vos frères [en religion]". Allah distingue celui qui sème le désordre de celui qui fait le bien. Et si Allah avait voulu, Il vous aurait accablés. Certes Allah est Puissant et Sage.

221. Et n'épousez pas les femmes associatrices tant qu'elles n'auront pas la foi, et certes, une esclave croyante vaut mieux qu'une associatrice, même si elle vous enchante. Et ne donnez pas d'épouses aux associateurs tant qu'ils n'auront pas la foi, et certes, un esclave croyant vaut mieux qu'un associateur même s'il vous enchante. Car

ceux-là [les associateurs] invitent au Feu; tandis qu'Allah invite, de part Sa Grâce, au Paradis et au pardon. Et Il expose aux gens Ses enseignements afin qu'ils se souviennent !

222. - Et ils t'interrogent sur la menstruation des femmes. - Dis : "C'est un mal. éloignez-vous donc des femmes pendant les menstrues, et ne les approchez que quand elles sont pures. Quand elles se sont purifiées, alors cohabitez avec elles suivant les prescriptions d'Allah car Allah aime ceux qui se repentent, et Il aime ceux qui se purifient".

223. Vos épouses sont pour vous un champ de labour; allez à votre champ comme [et quand] vous le voulez et oeuvrez pour vous-mêmes à l'avance. Craignez Allah et sachez que vous le rencontrerez. Et fais gracieuses annonces aux croyants !

224. Et n'usez pas du nom d'Allah, dans vos serments, pour vous dispenser de faire le bien, d'être pieux et de réconcilier les gens. Et Allah est Audient et Omniscient.

225. Ce n'est pas pour les expressions gratuites dans vos serments qu'Allah vous saisit : Il vous saisit pour ce que vos cœurs ont acquis. Et Allah est Pardonneur et Patient.

226. Pour ceux qui font le serment de se priver de leur femmes, il y a un délai d'attente de quatre mois. Et s'ils reviennent (de leur serment) celui-ci sera annulé, car Allah est certes Pardonneur et Miséricordieux !

227. Mais s'ils se décident au divorce, (celui-ci devient exécutoire) car Allah est certes Audient et Omniscient.

228. Et les femmes divorcées doivent observer un délai d'attente de trois menstrues ; et il ne leur est pas permis de taire ce qu'Allah a créé dans leurs ventres, si elles croient en Allah et au Jour dernier. Et leurs époux seront plus en droit de les reprendre pendant cette période, s'ils veulent la réconciliation. Quant à elles, elles ont des droits équivalents à leurs obligations, conformément à la bienséance. Mais les hommes ont cependant une prédominance sur elles. Et Allah est Puissant et Sage.

229. Le divorce est permis pour seulement deux fois. Alors, c'est soit la reprise conformément à la bienséance, ou la libération avec

gentillesse. Et il ne vous est pas permis de reprendre quoi que ce soit de ce que vous leur aviez donné, - à moins que tous deux ne craignent de ne point pouvoir se conformer aux ordres imposés par Allah. Si donc vous craignez que tous deux ne puissent se conformer aux ordres d'Allah, alors ils ne commettent aucun péché si la femme se rachète avec quelque bien. Voilà les ordres d'Allah. Ne les transgressez donc pas. Et ceux qui transgressent les ordres d'Allah ceux-là sont les injustes.

230. S'il divorce avec elle (la troisième fois) alors elle ne lui sera plus licite tant qu'elle n'aura pas épousé un autre. Et si ce (dernier) la répudie alors les deux ne commettent aucun péché en reprenant la vie commune, pourvu qu'ils pensent pouvoir tous deux se conformer aux ordres d'Allah. Voilà les ordres d'Allah, qu'Il expose aux gens qui comprennent.


231. Et quand vous divorcez d'avec vos épouses, et que leur délai expire , alors, reprenez-les conformément à la bienséance, ou libérez-les conformément à la bienséance. Mais ne les retenez pas pour leur faire du tort : vous transgresseriez alors et quiconque agit ainsi se fait du tort à lui-même. Ne prenez pas en moquerie les versets d'Allah. Et rappelez-vous le bienfait d'Allah envers vous, ainsi que le Livre et la Sagesse qu'Il vous a fait descendre, par lesquels Il vous exhorte. Et craignez Allah, et sachez qu'Allah est Omniscient.

232. Et quand vous divorcez d'avec vos épouses, et que leur délai expire, alors ne les empêchez pas de renouer avec leurs époux, s'ils s'agréent l'un l'autre, et conformément à la bienséance. Voilà à quoi est exhorté celui d'entre vous qui croit en Allah et au Jour dernier. Ceci est plus décent et plus pur pour vous. Et Allah sait, alors que vous ne savez pas.

233. Et les mères, qui veulent donner un allaitement complet, allaiteront leurs bébés deux ans complets. Au père de l'enfant de les nourrir et vêtir de manière convenable. Nul ne doit supporter plus que ses moyens. La mère n'a pas à subir de dommage à cause de son enfant, ni le père, à cause de son enfant. Même obligation pour l'héritier . Et si, après s'être consultés, tous deux tombent d'accord pour décider le sevrage, nul grief a leur faire. Et si vous voulez

mettre vos enfants en nourrice, nul grief à vous faire non plus, à condition que vous acquittiez la rétribution convenue, conformément à l'usage. Et craignez Allah, et sachez qu'Allah observe ce que vous faites.

234. Ceux des vôtres que la mort frappe et qui laissent des épouses : celles-ci doivent observer une période d'attente de quatre mois et dix jours. Passé ce délai, on ne vous reprochera pas la façon dont elles disposeront d'elles mêmes d'une manière convenable. Allah est Parfaitement Connaisseur de ce que vous faites.
235. Et on ne vous reprochera pas de faire, aux femmes, allusion à une proposition de mariage , ou d'en garder secrète l'intention. Allah sait que vous allez songer à ces femmes. Mais ne leur promettez rien secrètement sauf à leur dire des paroles convenables. Et ne vous décidez au contrat de mariage qu'à l'expiration du délai prescrit. Et sachez qu'Allah sait ce qu'il y a dans vos âmes. Prenez donc garde à Lui, et sachez aussi qu'Allah est Pardonneur et Plein de mansuétude.
236. Vous ne faites point de péché en divorçant d'avec des épouses que vous n'avez pas touchées, et à qui vous n'avez pas fixé leur mahr . Donnez-leur toutefois - l'homme aisé selon sa capacité, l'indigent selon sa capacité - quelque bien convenable dont elles puissent jouir. C'est un devoir pour les bienfaisants.
237. Et si vous divorcez d'avec elles sans les avoir touchées, mais après fixation de leur mahr, versez-leur alors la moitié de ce que vous avez fixé, à moins qu'elles ne s'en désistent, ou que ne se désiste celui entre les mains de qui est la conclusion du mariage. Le désistement est plus proche de la piété. Et n'oubliez pas votre faveur mutuelle. Car Allah voit parfaitement ce que vous faites.

238. Soyez assidus aux Salats et surtout la Salat médiane; et tenez-vous debout devant Allah, avec humilité.
239. Mais si vous craignez (un grand danger), alors priez en marchant ou sur vos montures. Puis quand vous êtes en sécurité, invoquez Allah comme Il vous a enseigné ce que vous ne saviez pas.
240. Ceux d'entre vous que la mort frappe et qui laissent les épouses, doivent laisser un testament en faveur de leurs épouses pourvoyant à

un an d'entretien sans les expulser de chez elles. Si ce sont elles qui partent, alors on ne vous reprochera pas ce qu'elles font de convenable pour elles-mêmes, Allah est Puissant et Sage.

241. Les divorcées ont droit à la jouissance d'une allocation convenable, [constituant] un devoir pour les pieux.

242. C'est ainsi qu'Allah vous explique Ses versets, afin que vous raisonniez.

243. N'as-tu pas vu ceux qui sortirent de leur demeures, - il y en avait des milliers, - par crainte de la mort ? Puis Allah leur dit : "Mourez". Après quoi Il les rendit à la vie. Certes, Allah est Détenteur de la Faveur, envers les gens; mais la plupart des gens ne sont pas reconnaissants.

244. Et combattez dans le sentier d'Allah. Et sachez qu'Allah est Audient et Omniscient.

245. Quiconque prête à Allah de bonne grâce, Il le lui rendra multiplié plusieurs fois. Allah restreint ou étend (Ses faveurs). Et c'est à Lui que vous retournerez.

246. N'as-tu pas su l'histoire des notables, parmi les enfants d'Israël, lorsqu'après Moïse ils dirent à un prophète à eux : "Désigne-nous un roi, pour que nous combattions dans le sentier d'Allah". Il dit : "Et si vous ne combattez pas, quand le combat vous sera prescrit ? " Ils dirent : "Et qu'aurions nous à ne pas combattre dans le sentier d'Allah, alors qu'on nous a expulsés de nos maisons et qu'on a capturé nos enfants ? " Et quand le combat leur fut prescrit, ils tournèrent le dos, sauf un petit nombre d'entre eux. Et Allah connaît bien les injustes.

247. Et leur prophète leur dit : "Voici qu'Allah vous a envoyé Talout pour roi." Ils dirent : "Comment régnerait-il sur nous ? Nous avons plus de droit que lui à la royauté. On ne lui a même pas prodigué beaucoup de richesses ! " Il dit : "Allah, vraiment l'a élu sur vous, et a accru sa part quant au savoir et à la condition physique." - Et Allah alloue Son pouvoir à qui Il veut. Allah a la grâce immense et Il est Omniscient.

248. Et leur prophète leur dit : "Le signe de son investiture sera que le Coffre va vous revenir; objet de quiétude inspiré par votre

Seigneur, et contenant les reliques de ce que laissèrent la famille de Moïse et la famille d'Aaron. Les Anges le porteront. Voilà bien là un signe pour vous, si vous êtes croyants ! "

249. Puis au moment de partir avec les troupes, Talout dit : "Voici : Allah va vous éprouver par une rivière : quiconque y boira ne sera plus des miens; et quiconque n'y goûtera pas sera des miens; - passe pour celui qui y puisera un coup dans le creux de sa main." Ils en burent, sauf un petit nombre d'entre eux. Puis, lorsqu'ils l'eurent traversée, lui et ceux des croyants qui l'accompagnaient, ils dirent : "Nous voilà sans force aujourd'hui contre Goliath et ses troupes ! " Ceux qui étaient convaincus qu'ils auront à rencontrer Allah dirent : "Combien de fois une troupe peu nombreuse a, par la grâce d'Allah, vaincu une troupe très nombreuse ! Et Allah est avec les endurants".
250. Et quand ils affrontèrent Goliath et ses troupes, ils dirent : "Seigneur ! Déverse sur nous l'endurance, affermis nos pas et donne-nous la victoire sur ce peuple infidèle".
251. Ils les mirent en déroute, par la grâce d'Allah. Et David tua Goliath; et Allah lui donna la royauté et la sagesse, et lui enseigna ce qu'Il voulut. Et si Allah ne neutralisait pas une partie des hommes par une autre, la terre serait certainement corrompue. Mais Allah est Détenteur de la Faveur pour les mondes.
252. Voilà les versets d'Allah, que Nous te (Muhammad) récitons avec la vérité. Et tu es, certes parmi les Envoyés.
253. Parmi ces messagers, Nous avons favorisé certains par rapport à d'autres. Il en est à qui Allah a parlé; et Il en a élevé d'autres en grade. A Jésus fils de Marie Nous avons apporté les preuves, et l'avons fortifié par le Saint-Esprit . Et si Allah avait voulu, les gens qui vinrent après eux ne se seraient pas entre-tués, après que les preuves leur furent venues; mais ils se sont opposés : les uns restèrent croyant, les autres furent infidèles. Si Allah avait voulu, ils ne se seraient pas entre-tués; mais Allah fait ce qu'il veut.

254. ô les croyants ! Dépenser de ce que Nous vous avons attribué, avant que vienne le jour où il n'y aura ni rançon ni amitié ni intercession .Et ce sont les mécréants qui sont les injustes.

255. Allah ! Point de divinité à part Lui, le Vivant, Celui qui subsiste par lui-même "al-Qayyum". Ni somnolence ni sommeil ne Le saisissent. A lui appartient tout ce qui est dans les cieux et sur la terre. Qui peut intercéder auprès de Lui sans Sa permission ? Il connaît leur passé et leur futur. Et, de Sa science, ils n'embrassent que ce qu'Il veut. Son Trône "Kursiy" déborde les cieux et la terre, dont la garde ne Lui coûte aucune peine. Et Il est le Très Haut, le Très Grand.

256. Nulle contrainte en religion ! Car le bon chemin s'est distingué de l'égarement. Donc, quiconque mécroît au Rebelle tandis qu'il croit en Allah saisit l'anse la plus solide, qui ne peut se briser. Et Allah est Audient et Omniscient.

257. Allah est le défenseur de ceux qui ont la foi : Il les fait sortir des ténèbres à la lumière. Quant à ceux qui ne croient pas, ils ont pour défenseurs les Tagut , qui les font sortir de la lumière aux ténèbres. Voilà les gens du Feu, où ils demeurent éternellement.

258. N'as-tu pas su (l'histoire de) celui qui, parce qu'Allah l'avait fait roi, argumenta contre Abraham au sujet de son Seigneur ? Abraham ayant dit : "J'ai pour Seigneur Celui qui donne la vie et la mort", "Moi aussi, dit l'autre, je donne la vie et la mort." Alors dit Abraham : "Puisqu'Allah fait venir le soleil du Levant, fais-le donc venir du Couchant." Le mécréant resta alors confondu. Allah ne guide pas les gens injustes.

259. Ou comme celui qui passait dans par un village désert et dévasté : "Comment Allah va-t-Il redonner la vie à celui-ci après sa mort ? " dit-il. Allah donc le fit mourir et le garda ainsi pendant cent ans. Puis Il le ressuscita en disant : "Combien de temps as-tu demeuré ainsi ? " "Je suis resté un jour, dit l'autre, ou une partie de la journée." "Non ! dit Allah, tu es resté cent ans. Regarde donc ta nourriture et ta boisson : rien ne s'est gâté; mais regarde ton âne... Et pour faire de toi un signe pour les gens, et regarde ces ossements, comment Nous les assemblons et les revêtons de chair". Et devant l'évidence, il dit : "Je sais qu'Allah est Omnipotent".

260. Et quand Abraham dit : "Seigneur ! Montre-moi comment Tu ressuscites les morts", Allah dit : "Ne crois-tu pas encore ? " "Si ! dit

Abraham; mais que mon cœur soit rassuré". "Prends donc, dit Allah, quatre oiseaux, apprivoise-les (et coupe-les) puis, sur des monts séparés, mets-en un fragment ensuite appelle-les : ils viendront à toi en toute hâte. Et sache qu'Allah est Puissant et Sage.".

261. Ceux qui dépensent leur biens dans le sentier d'Allah ressemblent à un grain d'où naissent sept épis, à cent grains l'épi. Car Allah multiplie la récompense à qui Il veut et la grâce d'Allah est immense, et Il est Omniscient.

262. Ceux qui dépensent leurs biens dans le sentier d'Allah sans faire suivre leurs largesses ni d'un rappel ni d'un tort, auront leur récompense auprès de leur Seigneur. Nulle crainte pour eux, et ils ne seront point affligés.

263. Une parole agréable et un pardon valent mieux qu'une aumône suivie d'un tort. Allah n'a besoin de rien, et Il est indulgent.

264. ô les croyants ! N'annulez pas vos aumônes par un rappel ou un tort, comme celui qui dépense son bien par ostentation devant les gens sans croire en Allah et au Jour dernier. Il ressemble à un rocher recouvert de terre; qu'une averse l'atteigne, elle le laisse dénué. De pareils hommes ne tireront aucun profit de leur actes. Et Allah ne guide pas les gens mécréants.

265. Et ceux qui dépensent leurs biens cherchant l'agrément d'Allah, et bien rassurés (de Sa récompense), ils ressemblent à un jardin sur une colline. Qu'une averse l'atteigne, il double ses fruits; à défaut d'une averse qui l'atteint, c'est la rosée. Et Allah voit parfaitement ce que vous faites.

266. L'un de vous aimerait-il voir un jardin de dattiers et de vignes sous lequel coulent les ruisseaux, et qui lui donne toutes espèces de fruits, que la vieillesse le rattrape, tandis que ses enfants sont encore petits, et qu'un tourbillon contenant du feu s'abatte sur son jardin et le brûle ? Ainsi Allah vous explique les signes afin que vous méditiez !

267. ô les croyants ! Dépensez des meilleures choses que vous avez gagnées et des récoltes que Nous avons fait sortir de la terre pour vous. Et ne vous tournez pas vers ce qui est vil pour en faire dépense. Ne donnez pas ce que vous-mêmes n'accepteriez qu'en fermant les yeux ! Et sachez qu'Allah n'a besoin de rien et qu'Il est digne de

louange.

268. Le Diable vous fait craindre l'indigence et vous recommande des actions honteuses; tandis qu'Allah vous promet pardon et faveur venant de Lui. La grâce d'Allah est immense et Il est Omniscient.

269. Il donne la sagesse à qui Il veut. Et celui à qui la sagesse est donnée, vraiment, c'est un bien immense qui lui est donné. Mais les doués d'intelligence seulement s'en souviennent.

270. Quelles que soient les dépenses que vous avez faites, ou le voeu que vous avez voué, Allah le sait. Et pour les injustes, pas de secoureurs !

271. Si vous donnez ouvertement vos aumônes, c'est bien; c'est mieux encore, pour vous, si vous êtes discrets avec elles et vous les donniez aux indigents. Allah effacera une partie de vos méfaits. Allah est Parfaitement Connaisseur de ce que vous faites.

272. Ce n'est pas à toi de les guider (vers la bonne voie), mais c'est Allah qui guide qui Il veut. Et tout ce que vous dépensez de vos biens sera à votre avantage, et vous ne dépensez que pour la recherche de la Face "Wajh" d'Allah. Et tout ce que vous dépensez de vos biens dans les bonnes oeuvres vous sera récompensé pleinement. Et vous ne serez pas lésés.

273. Aux nécessiteux qui se sont confinés dans le sentier d'Allah, ne pouvant parcourir le monde, et que l'ignorant croit riches parce qu'ils ont honte de mendier - tu les reconnaîtras à leur aspects - Ils n'importunent personne en mendiant. Et tout ce que vous dépensez de vos biens, Allah le sait parfaitement.

274. Ceux qui, de nuit et de jour, en secret et ouvertement, dépensent leurs biens (dans les bonnes oeuvres), ont leur salaire auprès de leur Seigneur. Ils n'ont rien à craindre et ils ne seront point affligés.

275. Ceux qui mangent [pratiquent] de l'intérêt usuraire ne se tiennent (au jour du Jugement dernier) que comme se tient celui que le toucher de Satan a bouleversé. Cela, parce qu'ils disent : "Le commerce est tout à fait comme l'intérêt" Alors qu'Allah a rendu licite le commerce, et illicite l'intérêt . Celui, donc, qui cesse dès que lui est venue une exhortation de son Seigneur, peut conserver ce qu'il

a acquis auparavant; et son affaire dépend d'Allah . Mais quiconque récidive... alors les voilà, les gens du Feu ! Ils y demeureront éternellement.

276. Allah anéantit l'intérêt usuraire et fait fructifier les aumônes. Et Allah n'aime pas le mécréant pécheur.

277. Ceux qui ont la foi, ont fait de bonnes oeuvres, accompli la Salat et acquitté la Zakat, auront certes leur récompense auprès de leur Seigneur. Pas de crainte pour eux, et ils ne seront point affligés.

278. ô les croyants ! Craignez Allah; et renoncez au reliquat de l'intérêt usuraire, si vous êtes croyants.

279. Et si vous ne le faites pas, alors recevez l'annonce d'une guerre de la part d'Allah et de Son messager. Et si vous vous repentez, vous aurez vos capitaux. Vous ne léserez personne, et vous ne serez point lésés.

280. A celui qui est dans la gêne, accordez un sursis jusqu'à ce qu'il soit dans l'aisance. Mais il est mieux pour vous de faire remise de la dette par charité ! Si vous saviez !

281. Et craignez le jour où vous serez ramenés vers Allah. Alors chaque âme sera pleinement rétribuée de ce qu'elle aura acquis . Et il ne seront point lésés.


282. ô les croyants ! Quand vous contractez une dette à échéance déterminée, mettez-la en écrit; et qu'un scribe l'écrive, entre vous, en toute justice; un scribe n'a pas à refuser d'écrire selon ce qu'Allah lui a enseigné; qu'il écrive donc, et que dicte le débiteur : qu'il craigne Allah son Seigneur, et se garde d'en rien diminuer. Si le débiteur est gaspilleur ou faible, ou incapable de dicter lui-même, que son représentant dicte alors en toute justice. Faites-en témoigner par deux témoins d'entre vos hommes; et à défaut de deux hommes, un homme et deux femmes d'entre ceux que vous agréez comme témoins, en sorte que si l'une d'elles s'égare, l'autre puisse lui rappeler. Et que les témoins ne refusent pas quand ils sont appelés. Ne vous lassez pas d'écrire la dette, ainsi que son terme, qu'elle soit petite ou grande : c'est plus équitable auprès d'Allah, et plus droit pour le témoignage, et plus susceptible d'écarter les doutes. Mais s'il s'agit d'une marchandise présente que vous négociez entre vous : dans ce cas, il

n'y a pas de péché à ne pas l'écrire. Mais prenez des témoins lorsque vous faites une transaction entre vous; et qu'on ne fasse aucun tort à aucun scribe ni à aucun témoin. Si vous le faisiez, cela serait une perversité en vous. Et craignez Allah. Alors Allah vous enseigne et Allah est Omniscient.

283. Mais si vous êtes en voyage et ne trouvez pas de scribe, un gage reçu suffit. S'il y a entre vous une confiance réciproque, que celui à qui on a confié quelque chose la restitue; et qu'il craigne Allah son Seigneur. Et ne cachez pas le témoignage : quiconque le cache a, certes, un cœur pécheur. Allah, de ce que vous faites, est Omniscient.


284. C'est à Allah qu'appartient tout ce qui est dans les cieux et sur la terre. Que vous manifestiez ce qui est en vous ou que vous le cachiez, Allah vous en demandera compte. Puis Il pardonnera à qui Il veut, et châtiera qui Il veut. Et Allah est Omnipotent.

285. Le Messager a cru en ce qu'on a fait descendre vers lui venant de son Seigneur, et aussi les croyants : tous ont cru en Allah, en Ses anges, à Ses livres et en Ses messagers; (en disant) : "Nous ne faisons aucune distinction entre Ses messagers". Et ils ont dit : "Nous avons entendu et obéi. Seigneur, nous implorons Ton pardon. C'est à Toi que sera le retour".

286. Allah n'impose à aucune âme une charge supérieure à sa capacité. Elle sera récompensée du bien qu'elle aura fait, punie du mal qu'elle aura fait. Seigneur, ne nous châtie pas s'il nous arrive d'oublier ou de commettre une erreur. Seigneur ! Ne nous charge pas d'un fardeau lourd comme Tu as chargé ceux qui vécurent avant nous. Seigneur ! Ne nous impose pas ce que nous ne pouvons supporter, efface nos fautes, pardonne-nous et fais nous miséricorde. Tu es Notre Maître, accorde-nous donc la victoire sur les peuples infidèles.